SIEMPRE TE QUERRÉ

CUENTO POR ROBERT MUNSCH
ILUSTRACIONES POR SHEILA McGRAW

FIREFLY BOOKS

A FIREFLY BOOK

copyright © 1986, Robert Munsch: Cuento
copyright © 1986, Sheila McGraw: Ilustraciones
copyright © 1992, Shirley Langer: Traducción

Impresión No. 18, 2021

Canadian Cataloguing in Publication Data
Munsch, Robert N., 1945-
  (Love you forever. Spanish)
  Siempre te querré

Translation of: Love you forever.
ISBN-13: 978-1-895565-01-0
ISBN-10: 1-895565-01-4
I. McGraw, Sheila. II. Title. III. Title: Love you forever. Spanish.
PS8576.U575L618   1992   jC813´.54   C92-093634-2   PZ73.M8Si   1992

Publicado por
Firefly Books Ltd.
50 Staples Avenue, Unit 1
Richmond Hill, Ontario
Canada L4B 0A7

Publicado en Los Estados Unidos por
Firefly Books (U.S.) Inc.
P.O. Box 1338 Ellicott Station
Buffalo, New York 14205

Diseño: Klaus Uhlig Designgroup Inc.

Impreso y encuadernado en China

We acknowledge the financial support
of the Government of Canada.

A SAM Y A GILLY

Una madre cargaba a su nuevo
bebé y muy despacio lo arrullaba
de aquí para allá y de allá para acá.
Y mientras lo arrullaba, le cantaba:

Para siempre te amaré,
Para siempre te querré,
Mientras en mí haya vida,
Siempre serás mi bebé.

El bebé crecía. Crecía...crecía
y crecía. A los dos años, el
corría por toda la casa. Jalaba los
libros de los estantes. Sacaba toda
la comida del refrigerador, y cogía
el reloj de su mamá y lo tiraba
en el inodoro.
Algunas veces su mamá decía,
"*¡Este niño me está enloqueciendo!*"

Pero cuando llegaba la noche y aquel niño
de dos años finalmente estaba tranquilo, ella
abría la puerta de su cuarto, gateaba hasta su
cama, y miraba a su hijo desde allí abajo;
y si realmente él estaba dormido, ella lo
levantaba y lo arrullaba de aquí para allá
y de allá para acá.
Y mientras lo arrullaba, le cantaba:

Para siempre te amaré,
Para siempre te querré,
Mientras en mí haya vida,
Siempre serás mi bebé.

El niño crecía. Crecía...crecía y crecía.
A los nueve años nunca quería llegar a
cenar, nunca quería tomar un baño,
y cuando llegaba la abuela de visita,
siempre decía palabras muy malas.
Algunas veces su madre deseaba
venderlo al zoológico.

Pero cuando llegaba la noche, y el muchacho estaba dormido, la madre silenciosamente abría la puerta de su cuarto, gateaba hasta su cama y miraba a su hijo desde allí abajo; y si realmente él estaba dormido, ella levantaba a aquel muchacho de nueve años y lo arrullaba de aquí para allá y de allá para acá.
Y mientras lo arrullaba, le cantaba:

Para siempre te amaré,
Para siempre te querré,
Mientras en mí haya vida,
Siempre serás mi bebé.

El niño crecía. Crecía...crecía y crecía. Crecía hasta que llegó a ser un joven. Tenía amigos raros, se vestía con ropa rara, y escuchaba música rara. Algunas veces la madre sentía estar en un zoológico.

Pero cuando llegaba la noche, y el joven
estaba dormido, la madre silenciosamente
abría la puerta de su cuarto, gateaba
hasta su cama y miraba a su hijo desde
allí abajo; y si realmente él estaba
dormido, ella levantaba a aquel
muchachote y lo arrullaba de aquí para
allá y de allá para acá.
Y mientras lo arrullaba, le cantaba:

  Para siempre te amaré,
  Para siempre te querré,
  Mientras en mí haya vida,
  Siempre serás mi bebé.

Aquel joven crecía. Crecía...crecía y crecía. Crecía hasta que llegó a ser un hombre. Entonces se fué de la casa y se cambió para una propia al otro lado del pueblo.

Pero algunas veces cuando las noches estaban muy oscuras, la madre sacaba su automóvil, y se dirigía especialmente a la casa de su hijo.

Y si estaban apagadas todas las luces
en la casa de su hijo, ella abría la
ventana de su cuarto, entraba gateando
por el piso, y miraba a su hijo desde allí
abajo; y si realmente ese hombre bien
grande estaba dormido, ella lo levantaba
y lo arrullaba de aquí para allá y de allá
para acá.
Y mientras lo arrullaba, le cantaba:

> Para siempre te amaré,
> Para siempre te querré,
> Mientras en mí haya vida,
> Siempre serás mi bebé.

Bueno, a través del tiempo, aquella madre envejecía.

Envejecía...envejecía y envejecía. Un día llamó a su hijo y le dijó, "Sería mejor que vinieras a verme porque ya estoy muy vieja y enferma."

Entonces su hijo fué a verla.

Cuando él entró en su cuarto, ella trató de cantarle la canción.

Para siempre te amaré,

Para siempre te querré...

Pero ella no pudo terminar la canción porque ya era demasiado vieja y enferma.

El hijo se acercó a su madre.
La levantó y la arrulló de aquí
para allá y de allá para acá.
Y mientras la arrullaba, le cantó:
  Para siempre te amaré,
  Para siempre te querré,
  Mientras en mí haya vida,
  Siempre serás mi mamá.

Cuando el hijo regresó a su casa esa misma noche, se quedó pensativo por largo tiempo a lo alto de las gradas.

Después se fué al cuarto de su hijita
recién nacida que estaba durmiendo.
La levantó en sus brazos y la arrulló de
aquí para allá y de allá para acá.
Y mientras la arrullaba, le cantaba:
    Para siempre te amaré,
    Para siempre te querré,
    Mientras en mí haya vida,
    Siempre serás mi bebé.

Robert Munsch

Bob Munsch es el renombrado autor de muchos, muchos libros. Casi todos ellos provienen de animadas actuaciones que representó ante niños pequeños, quienes quedaron encantados. *Love You Forever* se publicó por primera vez en 1986 y, desde entonces, ha tocado los corazones de millones de familias en todo el mundo. Bob Munsch nació en Pittsburgh y asistió a la escuela en Boston antes de venir a vivir a Canadá. Bob y su esposa, Ann, viven en Guelph, Ontario, Canadá. Tienen tres hijos adultos.

Sheila McGraw

Sheila McGraw comenzó su carrera como ilustradora y escritora de anuncios publicitarios. Su trabajo para ilustrar *Love You Forever*, realizado en 1986, le abrió las puertas a más trabajos de ilustración y escritura de libros para niños menores y libros de manualidades. Ella tiene tres hijos adultos, y es una canadiense expatriada que actualmente vive en Texas.